AF253143

L'AMATEUR DE MUSIQUE,

COMÉDIE

EN PROSE ET EN UN ACTE,

MÊLÉE D'ARIETTES.

Paroles & Musique de M. B. L. RAYMOND.

Repréſentée pour la première fois ſur le Théâtre des petits Comédiens de Monſeigneur le Comte de Beaujolois, au Palais-Royal, le 3 Juillet 1785.

PRIX, 1 liv. 4 ſols.

A PARIS,

Chez CAILLEAU, Imprimeur - Libraire, rue Gallande, N°. 64.

M. DCC. LXXXV.

A MONSIEUR.

DE LOMEL,

L'un des Entrepreneurs du Spectacle de Monsei-
gneur le Comte DE BEAUJOLOIS.

DE mes premiers succès, en vous offrant l'hommage,

Je n'éprouve qu'un seul desir :

Puisse de l'amitié ce vif & tendre gage,

A votre cœur faire autant de plaisir

Que j'en ressens moi-même à vous l'offrir.

Le génie & l'esprit ne sont point mon partage.

En vain je voudrais en grands mots,

Rendre ce que je veux vous dire :

Je n'ai point l'Art propre aux brillants propos,

Quelquefois vrais, plus souvent faux,

Qu'étalerait une sublime Lyre.

Je dis naïvement, sans fard, avec candeur,

Ce qu'un doux sentiment m'inspire :

Ce sentiment part de mon cœur :

Vous le persuader est ce que je desire.

B. LOUIS RAYMOND.

PRÉFACE.

CETTE petite Pièce fut primitivement faite pour être joûée par les *Bamboches*. Le caractère de Monfieur Piano était beaucoup plus développé. Certaines fcènes plus filées. J'y avais placé des Vaudevilles, ou plutôt des *Ponts-Neufs*, comme je l'avais vu pratiquer par les autres Auteurs. MM. les Entrepreneurs de ce Spectacle, ayant fubftitué des petits enfans pleins d'intelligence à des figures de bois inanimées, j'élaguai le Dialogue autant qu'il me fut poffible, parce qu'en Profe furtout, il eft très-difficile à rendre par le *Pantomime* (*). J'ôtai tous mes Vaudevilles, à l'exception d'un feul, qui finit en Trio & qui a produit de l'effet. Je regrette de ce que j'ai *coupé*, les phrafes qui caractérifaient mes premiers perfonnages, & motivaient leur conduite.

Il a dû paraître furprenant en effet, que Monfieur Piano donnât fa fille à un inconnu fur ce qu'il a entendu de lui une *Ariette* qui l'a enthoufiafmé. Si le monologue par où je faifais commencer ma Pièce avait fubfifté, cette conduite de Piano n'aurait eu rien que de très-naturel. Voici ce qu'il difait :

J'efpère que cette fois-ci je n'aurai pas travaillé en vain. Cependant, quand j'y penfe, qu'elle rage m'a pris de vouloir être Compofiteur de Mufique, moi, bon Bourgeois de Paris, poffeffeur de dix mille

---

(*) C'eft un avis que je donne aux Auteurs qui voudront travailler pour ce petit Spectacle.

livres de rente ! Je pourrais vivre heureux & tran-
quile avec ma femme & ma fille : point du tout.
La fureur de faire des Ouvrages me possède : &
quand ils sont finis , je n'ai pas la hardiesse de les
mettre au jour. Ils sont tous dans mon cabinet , hé-
las ! la plupart même dejà usés de vétusté. Pauvres
avortons ! A peine nés , ils sont rentrés dans le
néant. — Eh bien ! voila au moins la centième
fois que je fais la même réflexion : cent fois aussi
j'ai pris la ferme résolution d'abandonner un métier
où de plus savans que moi ont échoué. Bah ! à la
première petite idée scintillante qui se présente , le
démon de l'harmonie me prend aux cheveux & fait
évaporer en fumée & mes réflexions & mes résolutions.
Le diable puisse-t-il emporter ma maudite Mélomanie.

AIR.

TOUJOURS j'arrange & dérange
Des accords dans mon cerveau ;
Et ma folie est étrange
Pour créer quelqu'air nouveau :
Hélas ! de cette manie
Je ne saurais me guérir ;
Et ce tourment de ma vie ,
Fait pourtant tout mon plaisir.

Allons , allons , mon ami Piano , du courage ;
j'espere que le petit opéra que je travaille pourra
être entendu des gens de goût avec plaisir . . . . Eh !
Madame Piano , &c.

Ce langage que je lui faisais tenir, n'était pas
celui d'un fou ; on voit par ce que j'ai souffrait,
les inquiétudes , les peines que l'amour de la
Musique donne à ce personnage & combien il est

maîtrisé *par ce goût qu'il ne sauroit vaincre.* Il n'est plus si étonnant qu'avec ce vif désir de se produire, il donne sa fille à un homme dont les talens lui paroissent propres à le faire parvenir à son but, l'unique objet de ses désirs. Aussi met-il pour condition dans son consentement au mariage de du Crescendo avec sa fille, que celui-ci (Scene IX) *aura la complaisance d'entendre sa Musique ; de lui donner ses conseils, & qu'il mettra au jour, sous son nom, certain ouvrage qu'il vient de faire.* Voilà, je pense, un Auteur *honteux* assez bien caractérisé. Cette honte lui vient d'un excès de modestie, d'une crainte d'échouer. Je ne serais point étonné que dans ce siecle-ci ce personnage parût peu naturel.

Je développais ensuite le plus ou moins d'amour qu'il a pour sa femme & sa fille en raison du plus ou moins de complaisance qu'elles ont pour lui : c'est ce qu'on éprouve tous les jours dans la société. Comme la fille en a plus que la femme, je lui faisais dire d'elle :

AIR : *Sans cesse il faut que l'on guette.*

Elle est douce, elle est gentille,
Çà ne prend jamais d'humeur :
Oh ! c'est une aimable fille,
Je l'aime de tout mon cœur,
De son joli caractère
Je suis tout extasié :
Ce n'est point comme sa mère ;
Il s'en faut plus de moitié.

On est plus volontiers porté à aimer ceux qui flattent nos penchans, que ceux qui les contrarient.

Madame Piano ne donnait pas non plus ſi vite ſon approbation à l'amour de ſa fille pour un inconnu : en mere tendre, ſans s'oppoſer à l'inclination que la vertu de ſa fille ne lui permettrait pas de croire dangereuſe, elle lui diſoit pour la garantir des piéges de la ſéduction :

AIR : *Du Confiteor.*

MA chère enfant, écoute-moi,
Ecoute une mère qui t'aime ;
En Amour trop de bonne foi,
Eſt ſouvent un malheur extrême :   *Bis.*
    Tout doucement,
    Un tendre Amant,
    Peint ſon tourment ;
Le cœur ſoupire, & puis voilà ;
Qu'il faut dire *mea culpa.*

Je caractériſais mon Gaſcon preſqu'en arrivant ſur la ſcène par ces paroles :

AIR : *Guillot, Guillot, &c.*

PAR mes actords, de la mélancolie,
Je ſais bannir les effets déplaiſans ;
Par mille traits, de mon ſavant génie,
J'enchante l'ame & ravis tous les ſens ;
Ai-je d'amour à peindre tous les charmes ?
Je fais un choix de ſons mélodieux :
Dois-je remplir de craintes & d'allarmes,
Mes Auditeurs deviennent furieux.

Que l'on n'aille point ſe caſſer la tête à chercher à qui mes perſonnages reſſemblent ; c'eſt moi qui me ſuis peint dans Monſieur Piano & Monfieur Crefcendo. C'eſt moi qui brulais du defir de me produire au grand jour dans la Capitale. C'eſt moi qui *arrange & dérange*, &c. C'eſt moi qui, *affamé de gloire, fuis arrivé depuis peu dans Paris pour y moiſſonner des lauriers.* Tel était mon but en arri-- vant, encouragé par des fuccès dans différentes vil- les de province. Mais fans un ami (*), à qui j'ai les plus grandes obligations, ce defir immodéré de gloire n'auroit peut-être jamais été fatisfait. Il eſt fi difficile à un Artiſte, à Paris, de fe produire ! auſſi ma reconnaiſſance n'aura jamais de bornes.

De quelque maniere qu'on juge mon ouvrage, auquel je n'ajoute pas beaucoup de prétention, fenſible à l'accueil dont le Public a daigné l'hon-- norer, je redoublerai d'efforts pour lui plaire & mériter de plus en plus de nouveaux fuffrages, l'unique objet de mon ambition.

J'efpère qu'on ne m'adaptera pas la vanité de du Crefcendo en certaines circonſtances ; par exemple, dans celle où il dit qu'il eſt *Compoſiteur d'un fier genre.* Il m'a fallu tracer un caractère & le rendre plaifant. Quoique je dife que les perfon- nages de Piano & de Crefcendo, confondus, font moi-même, j'en excepte tout ce qui tient à la vanité, & cela d'autant plus volontiers, que je la regarde comme un ridicule, lorfqu'elle eſt déplacée. On doit être modeſte même après des fuc- cès. La modeſtie eſt une vertu délicate, que l'amour- propre exceſſif flétrit. Un Auteur bouffi d'orgueil eſt felon moi, un être infuportable. Je fuis étonné qu'on n'ait pas encore mis fur la fcène un pareil perfon- nage, je crois qu'il y jouerait un plaifant rôle.

(*) M. Dorceval, Régiſſeur du Spectacle des Comédiens de Mon- feigneur le Comte de Beaujolois.

PERSONNAGES.	ACTEURS PARLANTS.	ACTEURS PANTOMIMES
Monſieur PIANO, riche Bourgeois, Amateur de Muſique.	Mr Vernier, Baſſe-Taille.	Mr Moreau.
Madame PIANO, ſa femme.	Mme Vincent, Duegne.	Mlle Chaumont.
ANGÉLIQUE, leur fille.	Mlle Carpentier, Amoureuſe.	Mlle Trial.
DU CRESCENDO, Muſicien & Compoſiteur.	Mr Delboy, Haute-Contre.	Mr Lefort.
Monſieur DE LA CADENCE, Mademoiſelle BRISÉ, } Amis de Monſieur PIANO	Mr Tourvel, Mlle Ducaſtel, Acceſſoires.	Mlle Trial, cadette. Mlle Nébel.
CHANTEURS ET DANSEURS.		
CRIQUET, Valet-de-Chambre de Du Creſcendo.	Perſonnage muet.	Mr Talon.

La Scène ſe paſſe à Paris, dans la maiſon de Monſieur Piano.

L'AMATEUR
DE MUSIQUE.

Le Théâtre repréfente un Sallon. Il y a plufieurs chaifes çà-&-là, fur lefquelles il y a de la mufique & différents inftruments.

SCENE PREMIERE.

Monfieur PIANO. (*Il eft affis devant fon clavecin. Lorfque la toile eft levée, il fait un point d'orgue à l'Italienne, qu'il finit par une longue cadence. Il écrit ce point d'orgue, & dit en fe levant & frappant gaiement fur la table.*)

FORT bien. Fort bien. Je crois que cela fera de l'effet : oh ! parbleu, j'efpère que cette fois-ci je n'aurai pas travaillé en vain. (*Il appelle.*) Madame Piano ? — Je veux voir fi elle fait ce petit morceau d'enfemble que je lui donnai hier à repasser. — Mais, elle ne répond pas! Que Diable! Est-ce qu'elle est sourde donc? (*Il appelle plus haut.*) Madame Piano.

SCENE II.

Monsieur & Madame PIANO.

Madame PIANO, *avec humeur.*

Eh bien, eh bien? Qu'y a-t-il? Aurez - vous bientôt assez crié?

Monsieur PIANO, *toujours gaiement, c'est son caractère.*

Oui, quand vous m'aurez répondu.

Madame PIANO,

Pour vous répondre il aurait fallu vous entendre. De quoi s'agit-il?

Monsieur PIANO.

Mon morceau d'ensemble, hem? Y avez-vous jettez les yeux?

Madame PIANO.

Il l'a bien fallu, vraiment, sans quoi vous auriez fait un beau train! Toujours chanter, toujours chanter!

Monsieur PIANO,

Toujours chanter! Eh bien?

Madame PIANO.

Toujours chanter, c'est un délire.

Monſieur P I A N O, *riant.*

Eh! que diantre, vous répétez toujours la même
choſe. Si vous ne voulez pas adoucir votre dialogue, tâchez au moins de le varier. Où eſt ma
fille ?

Madame P I A N O.

Dans ſa chambre, ſans doute, à ſe caſſer la tête
après ſa partie.

Monſieur P I A N O. (*Il appelle.*)

Angélique ? Angélique ?

SCENE III.

Monſieur & Madame PIANO, ANGÉLIQUE.

A N G É L I Q U E, *faiſant la révérence.*

ME voilà, mon père.

Monſieur P I A N O, *gaiement.*

Eh bien, comment va le morceau ?

A N G É L I Q U E.

Fort bien, mon père, je le fais.

Monſieur P I A N O.

Vrai ? La charmante enfant ! Ah ! ſi j'avais ici
Monſieur de la Cadence & Mademoiſelle Briſé.

A N G É L I Q U E.

Les voici, mon père.

SCENE IV.

LES PRÉCÉDENS, Monfieur DE LA CADENCE, Mademoifelle BRISÉ.

Monfieur PIANO, *gaiement.*

BON. Arrivez, arrivez : vous ne pouviez venir plus à propos. Allons, mettez-vous en Scène & commençons. (*Il regarde fes Acteurs, va prendre fa fille, & la place entre fa femme & lui.*) Madame Piano, fongez que dans ma Pièce, vous n'êtes que la mère adoptive d'Angélique. Toi, ma fille, tu es une jeune orpheline qui as perdu tes parents, & dont le cœur eft tyrannifé par une paffion involontaire.

Madame PIANO, *avec humeur.*

Eh, vous nous avez dit cela cent fois.

Monfieur PIANO, *riant.*

Oui ? Eh bien, fi je vous le redis, c'eft afin que vous ne l'oubliez pas. D'ailleurs, il ferait plaifant que vous vouluffiez fermer la bouche à un Auteur qui fait des obfervations fur fon Ouvrage. On vous prendrait pour une Comédienne en titre. Mais c'en eft affez là-deffus, commençons.

DE MUSIQUE.

QUINTETTO.

Monsieur & Madame PIANO.

Mes chers enfans, dans cet asyle
Nous goûtons tous la paix du cœur.

Monsieur PIANO.	ANGÉLIQUE.	Mme PIANO, avec son mari.	Mlle BRISÉ, Mr DE LA CADENCE.
Mes chers enfans, dans cet asyle, Nous goûtons tous la paix du cœur; Nous jouissons d'un fort tranquille Dans la joie & dans le bonheur.	Hélas! hélas! dans cet asyle Vous goûrez tous la paix du cœur; Vous jouissez d'un fort tranquille, Dans la joie & dans le bonheur.		Ainsi que vous, dans cet asyle Nous goûtons tous la paix du cœur, Nous jouissons d'un fort tranquille, Dans la joie & dans le bonheur.

Monsieur PIANO, *seul.*

Vous naquîtes pour l'opulence,
Le Ciel voulut vous en priver :
Mais au moins il vous fit trouver
Près de nous la paix, l'innocence.

ANGÉLIQUE, *seule.* (*A part.*)

Que la paix est loin de ton cœur,
Triste & malheureuse Sophie!
Depuis qu'Amour te l'a ravie ;
En peux-tu goûter la douceur.

QUINTETTO.

Mes chers enfans, *&c.*

Monsieur PIANO, *enchanté.*

A merveille! Comment diable! Comme des
Anges! (*Il passe entre sa femme & sa fille.* Madame
Piano, je vous fais mon compliment: vous avez

rendu le caractère de votre personnage à ravir : ainsi que toi mon Angélique. — Quant à vous autres, quoique vos parties ne foient qu'intermédiaires, je n'ai qu'à me louer de votre intelligence. A ça, retirez vous, & que chacun donne fes foins aux morceaux fuivants. (*Monfieur de la Cadence & Mademoifelle Brifé , faluent en fortant. Il les reconduit & revient avec empreffement.*)

SCENE V.

Monfieur & Madame PIANO, ANGÉLIQUE.

Monfieur PIANO.

Vous, ma femme, & toi, ma fille, répétez le Duo.

Madame PIANO.

En vérité ; Monfieur mon mari , convenez qu'il faut que j'aie bien de la complaifance.

Monfieur PIANO.

Je fais, Madame Piano , que ce n'eft pas la vertu favorite de votre fexe, auffi je ne vous en trouve que plus rare.

Madame PIANO.

Quand vous lafferez-vous de me faire éternellement chanter ?

Monfieur PIANO.

Quand vous ferez laffe vous-même de vouloir être éternellement aimée.

Madame PIANO.

Comment ?

Monſieur PIANO.

Paſſons, paſſons ; je m'entends. Allons, mon
Duo. (*Il s'aſſied à gauche.*) Mettez-vous en ſi-
tuation , & rempliſſez bien votre caractère. (*Les*
femmes ſe mettent en ſcène.)

DUO. (*Suppoſé de la Pièce de Monſieur Piano.*)

ANGÉLIQUE , *ſous le nom de Sophie.*

Oui, vous ſerez toujours ma mère ,

Madame PIANO , *ſous le nom d'Eliſabeth.*

Mon cœur en a les ſentimens.

ANGELIQUE.

Jamais , non jamais vos enfans
Ne pourront vous chérir comme je vous révère.

ENSEMBLE.

ANGÉLIQUE.	Monſieur PIANO.
Jamais , non , jamais vos en- fans ,	Je t'aime autant que mes enfans ,
Ne pourront vous chérir comme je vous révère.	Comme eux tu m'es chère.

ANGELIQUE.

Je dois cacher dans votre ſein ,
Et ma douleur & ma triſteſſe.

Madame PIANO.

Mais d'où vient donc cette triſteſſe ?

(*Monſieur Piano écoute , & témoigne le plaiſir , la joie , l'in-*
quiétude , en mille manières différentes.)

ANGELIQUE.

Vous me le demandez en vain;

Madame PIANO.

Eh mais, quelle douleur vous preſſe!
Ne puis-je ſavoir quels ſecrets
Mon enfant cache à ma tendreſſe?

ENSEMBLE.

ANGÉLIQUE.	Madame PIANO.
Moi, vous le dire, non jamais.	Ne puis-je ſavoir quels ſecrets Vous cachez à ma tendreſſe?

Madame PIANO, *s'éloignant un peu.*

Le nom de mère, oui, je le penſe,
Pour vous n'a plus de douceur.

ANGELIQUE, *s'approchant.*

Douter de ma reconnaiſſance,
Serait, ferait mon plus grand malheur.

Madame PIANO.

Eh mais, quelle douleur vous preſſe?

ANGELIQUE.

Je ne puis vous ouvrir mon cœur.

ENSEMLLE.

'Ah! vous aimer d'une vive tendreſſe, Fera ſans ceſſe mon bonheur.	Ah! découvrez à ma vive tendreſſe, Des chagrins qui percent mon cœur.

Monſieur

Monsieur P I A N O , *transporté*.

Bravo, bravo, braviſſimo. (*Il court à ſa femme.*) Madame Piano , cet acte de complaiſance trouveia ſa place. (*Enthouſiaſine.*) Quant à toi , ma fille , je.... oui.... baiſe-moi , mon enfant. (*En ſortant.*) Charmante , charmante charmante. (*Il ſort.*)

SCENE VI.

ANGELIQUE, Madame PIANO.

Madame P I A N O.

IL faut convenir que votre pere eſt un grand fou ! autrefois le chant pour lui étoit un plaiſir, aujourd'hui c'eſt une rage. Mais qu'as-tu , ma petite Angelique ? tu es triſte.

ANGELIQUE.

Ah, maman!

Madame P I A N O.

Tu ſoupires ! (*ſouriant.*) Serais-tu amoureuſe , par hazard ?

ANGELIQUE.

Je crois qu'oui , maman.

Madame P I A N O

Tu crois ! — Et de qui ?

ANGÉLIQUE.

D'un jeune Gaſcon qui eſt bien joli.

Madame P I A N O , *vivement*.

Ah ! ah ! conte-moi ça , mon enfant : contez conte.

ANGELIQUE.

Je le vis, il y a quelques jours, dans un concert. Il me fit milles politesses, & me dit qu'il
m'aimait.

Madame PIANO, *souriant.*

Diantre ! je reconnois bien la les Gascons, ils
n'aiment point à filer un Roman. Il te dit qu'il
t'aimait?

ANGELIQUE.

Oui, maman.

Madame PIANO.

Et toi ?

ANGELIQUE.

Moi, je ne répondis rien, mais à ma rougeur
il dut bien comprendre qu'il ne me déplaisait
pas.

Madame PIANO.

La pauvre petite ! & dis moi ; quel est-il ce
garçon la ? le connois-tu ? te connoît il ?

ANGELIQUE.

Non, maman. Je ne l'ai vu que cette seule
fois là.

Madame PIANO.

Quoi ! rien que cette fois là ?

ANGELIQUE.

Hélas! non. Je ne suis pas retournée au Concert.

Madame PIANO.

Il ne s'informa ni de ton nom ni de ta famille?

ANGELIQUE.

Non. Il ne me parlait que de son amour.

Madame PIANO.

En ce cas, ma chere fille, il faut prendre pa-
tience. S'il t'aime réellement, il ne manquera
pas de faire toutes les démarches nécessaires pour
te voir. Qu'il se préfente à ton pere : s'il te con-
vient & qu'il obtienne son consentement à votre
mariage, fois fûre d'avance du mien. Ne te
chagrine pas, ma petite Angelique, tu feras bientôt heureuse. (*Elle l'embraffe & fort.*)

SCENE VII.

ANGELIQUE, *feule.*

QUE je ne me chagrine pas ! c'eft bien facile
à dire : comme fi dans ma pofition, à mon âge,
on pouvoit être tranquile ! Ah ! fi mon cœur ne
m'avait point trompée, que je ferois contente !

ARIETTE.

CHARMANT Amour, qui règnes fur mon ame,
C'eft toi, c'eft toi qui combleras mes vœux ;
Je te devrai le fuccès de ma flamme,
Ce jour fera pour moi le plus heureux.

J'entends quelqu'un . . . . . (*Crefcendo paroît.*)
Ah ! (*Cri d'émotion.*)

SCÈNE VIII.

ANGELIQUE, Monsieur DU CRESCENDO.
(*Il parle gascon.*)

CRESCENDO.

COMMENT dois-je interprêter ce cri, Mademoiselle ? est cé la joye ou la frayeur qui lé causé.

ANGELIQUE, *timidement.*

Monsieur.....

CRESCENDO.

Vous vous détournez ! vous craignez dé mé régarder ! jé né fuis pourtant pas fi épouvantable, jé viens vous confirmer cé qué jé vous dis l'autré jour. Jé vous aime.

ANGELIQUE, *à part.*

S'il ne mentoit pas !

CRESCENDO.

Qué dites vous à part ?

ANGELIQUE.

Je dis, Monsieur, que fi vous difiez vrai ?...

CRESCENDO.

Jé né mens jamais, jé vous juré. Parlez-moi franchément : ai-jé l'avantage de posséder votre cœur ?

ANGELIQUE.

Dois-je m'expliquer fans fard ?

CRESCENDO.

Oui, Point dé déguifement.

ANGELIQUE.

Mais la bienféance ?

CRESCENDO.

Bon ! bon ! c'eft une bégueule qu'on a mis à
l'écart. Eh ! fandis ! comment faurai-jé qué vous
m'aimez, fi vous né mé lé dites pas ?

ANGELIQUE.

Un coup d'œil, un fourire....

CRESCENDO.

Bon ! des coups d'œils ! des fourires ! Ces
fymptômes mé paraiffent trôp équivoques. Ma-
nége de coquette, un *oui* bien prononcé, bien
intelligible, eft beaucoup plus fignificatif. Allons,
dites ; eh donc !

ANGELIQUE.

Mais, Monfieur, avant de m'expliquer fi
franchement, jé voudrois vous connoître. Qui
êtes-vous ?

CRESCENDO.

Un homme affamé de gloire ; arrivé dépuis
peu dans Paris pour y moiffonner des lauriers.

ANGELIQUE.

Voila une ambition eftimable. Votre état ?

CRESCENDO.

Chanteur, Muficien & Compofiteur.

ANGELIQUE, *vivement.*

Vous êtes Muficien ?

B 3

CRESCENDO.

Jé m'en vanté, sandis !

ANGELIQUE.

Et Compositeur ?

CRESCENDO.

Et d'un fier genre. Cé n'est pas par vanité cé qué j'en dis. Mais revenons à mon amour. Jé mé suis informé dé vous & dé Monsieur votre pere : on m'a dit qué c'étoit un Amateur : la dessus j'ai fondé mes espérances ; & jé viens vous demander en mariage. Eh donc ! y a-t-il dans tout cela quelque chose qui vous déplaise ?

ANGELIQUE.

Non, Monsieur, avec d'aussi honnêtes sentimens, on ne peut que s'attirer l'estime d'une jeune personne.

CRESCENDO.

L'estime !... l'estime, c'est fort bon ; mais j'aimerois mieux de l'amour.

ANGELIQUE, *timidement.*

Quand je dis l'estime....

CRESCENDO.

Ah ! j'entends, c'est une enveloppe. Vous mé charmez.

ANGELIQUE.

J'appréhende qu'une si grande précipitation à vous faire entrevoir mes sentimens, ne vous donne de moi une idée peu avantageuse.

CRESCENDO.

Eh donc ! pourquoi cela ?

ANGELIQUE.

Mais nos mœurs, nos usages....

CRESCENDO.

Sottise. Un feu concentré fait plus de ravage dans un jeune cœur que celui qui s'évapore. C'est une expérience physique. Demandez aux connoisseurs.

ANGELIQUE.

Un point m'inquiette. Votre fortune ?

CRESCENDO.

Oh ! quant à cet égard là, je suis de Vordeaux e c'est tout dire.

ANGELIQUE.

Je tremble....

CRESCENDO.

Dé quoi donc ?

ANGELIQUE.

Mon pere est riche : & peut être.....

CRESCENDO.

Qu'est-cé qué cela fait ? il aime la musique, fandis, il doit donc aimer les Muficiens.

ANGELIQUE, souriant.

Oui, fans doute ; il les aime : mais point aftez, peut-être, pour leur donner fa fille en ma-riage.

CRESCENDO.

Bon ! ce pays-ci est celui des phénoménes ; j'en espere un heureux. J'ai meilleure opinion du succès qué vous. Lé plus effentiel pour moi,

dans tout ceci, c'eſt d'être ſûr dé votre amour.
Avec lui jé défie tous les obſtacles. Car vous
m'aimez?

ANGELIQUE.

Je voudrois en vain vous cacher toute la ſenſi-
bilité de mon cœur.

D U O.

CRESCENDO.

LIVRONS nos cœurs au tendre Amour.

ANGELIQUE.

'Ah! cher Amant! Ah! que de charmes,
Offre à mon cœur un ſi beau jour ;
Votre amour bannit mes allarmes.

CRESCENDO.

Plus dé craintes, non, plus d'allarmes.

ENSEMBLE.

{ Livrons nos cœurs au tendré Amour,
{ Jouiſſons dé cet heureux jour.

CRESCENDO.

Ah! qu'il eſt doux pour ma tendreſſe!
En vous jé vois,
Jé vois tout-à-la-fois,
Et mon épouſe & ma maîtreſſe.

ANGÉLIQUE.

Cher Amant, comme vous,
Dans des moments ſi doux,
Ah, quelle eſt mon yvreſſe!

ENSEMBLE.

Plus de craintes, plus d'allarmes,
(*Vif & gai.*)
Je t'aimerai toujours,
Je t'aimerai sans cesse ;
Auprès de toi dans les amours
Je passerai mes jours.
Plus de souci, plus de tristesse ;
Jamais l'affreuse jalousie,
Ne troublera mon tendre cœur.
Loin de nous cette frénésie.

ANGÉLIQUE.

Je t'aime.

CRESCENDO.

Aveu flatteur !
Qu'il charmé mon cœur.
Chère Amante répète encore.

ANGÉLIQUE.

Je t'aime ; oui, je t'adore:
Mon cœur, ma main tout est à toi.

CRESCENDO.

Ils seront le prix de ma foi,
Ils sont à moi.

ANGÉLIQUE.

Ils sont à toi.

ENSEMBLE.

Et pour jamais ;
Moment plein d'attraits,
Je t'aime : aveu flatteur !
Qu'il a de charmes pour mon cœur.

SCENE IX.

LES MÊMES, Monsieur PIANO.

Monsieur PIANO, *gaiement.*

Eh bien, eh bien? Es-tu folle?

ANGÉLIQUE, *avec frayeur.*

C'est mon père.

Monsieur PIANO, *étonné en voyant Crescendo.*

Ah! ah! quel est ce Monsieur?

CRESCENDO, *saluant lestement.*

Cé Monsieur est bien votré petit serviteur.

PIANO, *séchement.*

Que demandez-vous?

CRESCENDO.

Vous même. Vous êtes Monsieur Piano?

Monsieur PIANO, *sechement.*

Oui, Monsieur.

CRESCENDO, *saluant.*

Et moi, Monsieur Du Crescendo fort à votre service.

Monsieur PIANO, *transporté de joye.*

Du Crescendo! vous êtes Monsieur Du Crescendo dont mon ami de Bordeaux m'a si souvent fait l'éloge? Charmant Chanteur, & admirable Compositeur.

CRESCENDO, *surpris.*

Sandis! vous tirez la louange à brule-pourpoint. Voila des éloges qui embarassent furieusement ma modestie.

Monsieur PIANO.

Ah! mon cher, que je vous embrasse. (*Il tend les bras en s'avançant un peu.*)

CRESCENDO, *recule étonné.*

Cadédis! vous me surprenez : jé né croyois pas qué nous dussions sitôt être si bons amis ensemble. Allons tope : jé né réfuse pas l'embrassade. (*Ils s'embrassent.*)

ANGELIQUE, *à part.*

Ah! que je suis contente !

Monsieur PIANO, *toujours enchanté.*

Ma fille, écoute, & surtout suis les conseils de Monsieur Du Crescendo , tu t'en trouveras bien.

ANGELIQUE, *sourit malignement.*

Je n'y manquerai pas , mon pere.

CRESCENDO, *avec fatuité.*

Tout mon pétit mérité, Mademoiselle , est à votre service : j'en ai peu ; mais jé l'offré dé bon cœur.

Monsieur PIANO.

Vous voudrez donc bien lui donner quelques soins ?

CRESCENDO.

Oh , tous ceux qu'elle voudra. Je suis de la meilleure volonté.

Monsieur PIANO.

Que je suis charmé d'avoir fait votre connoissance.

L'AMATEUR

AIR : *Paris est au Roi.*

Je suis amateur,
Je suis connaisseur ;
Et les talens sur moi
Font toujours la loi :
Le chant me ravit,
Mon cœur le chérit :
Non, vivre sans chanter
N'est point exister.   *Fin.*
La tendresse !
Sotte yvresse,
Non, je ne veux plus aimer;
La Musique,
Goût unique,
Il sait me charmer.

D U O.

PIANO.	CRESCENDO.
Je suis amateur, *&c.*	Votre goût me plaît,
	Je suis satisfait,
	Car les talents sur moi
	Font aussi la loi.
	(*Le reste avec Piano.*)

ANGELIQUE, *à Crescendo tandis que son père témoigne une joie extrême, à part.*

Ah ! mon cœur enchanté
Voit la félicité,
Que l'Amour
En ce jour.

Lui prépare ;
Je m'égare,
Je m'égare,
Dans ce doux excès de volupté.

TRIO.

PIANO.	ANGÉLIQUE, bas à son Amant.	CRESCENDO, à Piano.
Je suis amateur, &c.	Oui , mon cher Amant,	Votre goût me plaît,
	Dans ce doux moment,	J'en suis satisfait :
	Je sens bien que sur moi	Car les talens sur moi
	L'amour fait la loi :	Font aussi la loi.
	Le tient me ravit ,	(*Le reste avec Piano.*)
	Mon cœur le chérit,	
	Ah! vivre sans aimer,	
	N'est point exister.	

CRESCENDO.

Vous avez raison, sandis ! vive lé chant ! c'est lé goût du jour.

Monsieur PIANO.

Ah ! c'est bien le mien. (*D'un air joyeux, mais embarrassé.*) Mais ne pourrais-je pas....

CRESCENDO.

Quoi ?

ANGELIQUE.

Faut-il que je me retire, mon pere ?

Monſieur P i A N O.

Non, non, ma fille. Monſieur Du Creſcendo, n'y auroit il point d'indiſcrétion....

CRESCENDO.

A quoi ? parlez : vous avez peur ?...

Monſieur P i A N O.

Je voudrois entendre quelqu'un de ces morceaux fameux dont j'ai ouï parler, pour admirer...

CRESCENDO.

Très-volontiers. Jé né mé fais pas tirer l'oreille. D'ailleurs, j'ai mes raiſons pour juſtifier la hauté opinion qué vous avez conçue dé mes talens. Sandis ! vous allez voir qué jé la mérite un peu.

Monſieur P i A N O.

Oh ! je n'en doute point.

CRESCENDO.

Jé vais vous chanter certaine *Ariette Militaire* que j'ai faite depuis peu.

Monſieur P i A N O.

Y a-t-il beaucoup d'inſtrumens ?

CRESCENDO.

Des inſtrumens ! ah ! ſandis ! jé vous crois. Tout l'orcheſtre dé l'Opéra ſuffiroit à peine pour exécuter ce morceau : lé bruit eſt ma folie. Outré les violons, les baſſes, les altos, les contrebaſſes, il me faut deux paires de haut-bois, autant de baſſons & de flûtes ; des cors, des clarinettes, des cimbales, des tambours, des triangles, des timbales & un flageolet.

Monſieur P i A N O, *tranſporté.*

Ah ! Monſieur du Creſcendo ! je brûle d'entendre votre ariette : elle doit être magnifique.

CRESCENDO.

Vous allez en juger. (*Il appelle.*) Eh, Criquet ?
(*Il paraît.*) Apporte ma muſique. (*Il ſort ; revient
apportant de la muſique qu'il donne à ſon maître &
ſe retire. Creſcendo diſtribuant les parties aux Mu-
ſiciens , dit :*) Meſſieurs , jé vous recommande
ſurtout d'obſerver les nuances. Les nuances , ſanſ
dis ! les nuances : voilà lé fin dé l'Art. Allons ;
partez. (*Quand il ne chante pas , il ſe donne beaucoup de mouvement pour faire aller l'orcheſtre.*)

ARIETTE MILITAIRE.

UN Français guidé par la gloire ,
Sans héſiter vole aux combats.
Par-tout il cherche la victoire ,
Par-tout il porte le trépas.
Les cris affreux , le ſang , & le carnage ,
Loin d'affaiblir ſon ſuperbe courage ,
Ne peuvent émouvoir ſon cœur.
Vainement la mort l'environne :
Conduit par les loix de l'honneur ,
Son aſpect n'a rien qui l'étonne ,
Tout cède enfin à ſa valeur.
Mais après la victoire ,
A ſa fureur ſuccède un ſentiment plus doux ,
Il a combattu pour la gloire ,
Il pardonne au vaincu tremblant à ſes genoux.
Et dans l'excès de ſon yvreſſe ,
Dans les airs élevant ſes cris ,
On l'entend répéter ſans ceſſe ,
Vive mon Roi , vive Louis.

Monſieur PIANO , *l'embraſſe en s'écriant.*
Superbe, ſuperbe, Monſieur Du Creſcendo.

CRESCENDO.

Eh bien ? cela fait-il du bruit ?

Monſieur PIANO.

Admirable.

CRESCENDO.

Et vous, ma belle Demoiſelle, qu'en penſez-vous ?

ANGÉLIQUE.

Je ne ſuis pas grande connoiſſeuſe ; mais il me ſemble que cette Ariette eſt fort belle.

Monſieur PIANO.

, Et il te ſemble bien ma fille. Ah ! que n'ai-je fait ce morceau !

CRESCENDO.

A propos ! on dit que vous vous en mêlez ?

Monſieur PIANO, *avec confuſion.*

Ah ! Monſieur, ne parlons pas de ma muſique après la vôtre ; la mienne n'eſt que celle d'un Amateur.

CRESCENDO.

Eh ! eh ! je connois tel Amateur qui feroit la barbe à bien des Maîtres ; vous êtes donc content.

Monſieur PIANO.

Enchanté.

CRESCENDO.

Tant mieux. Ah ça, parlons d'affaires. Vous avez là une grande & jolie fille : qu'en faites vous ?

Monſieur PIANO, *riant.*

Comment, ce que j'en fais.

CRESCENDO.

CRESCENDO.

Oui. La deftinez-vous au célibat ? Ce ferait dommage. Je lis dans fes yeux qu'un mari lui plairait mieux qu'un couvent.

Monfieur PIANO.

Je ne fuis point un mauvais pere.

CRESCENDO.

Non ? moi je me fens toutes les qualités requi-fes pour faire un bon mari : elle me plaît autant que ma mufique a paru vous plaire : donnez-la-moi ; je l'époufe *ipfo facto.*

Monfieur PIANO, *riant.*

Diantre ! comme vous y allez ! êtes-vous auffi expéditif en fait de mufique comme en fait de mariage ?

CRESCENDO.

Tout de même, fandis ! je fuis vif, & n'aime rien qui traîne en longueur !

Monfieur PIANO.

Affurément, Monfieur, l'alliance d'un homme à talent, tel que vous, me flatterait : mais il faut favoir fi vous plaifez à ma fille.

CRESCENDO.

Eft-ce la toute la difficulté que vous m'oppo-fez ?

Monfieur PIANO.

En voyez-vous quelqu'autre ?

CRESCENDO.

En ce cas elle eft à moi.

Monfieur PIANO, *étonné.*

Comment !

CRESCENDO.

Allons, Mademoifelle, parlez fans détour, il ne faut rien cacher à Monfieur votre pere.

C

Monfieur P I A N O.

Que veut dire ceci ?

C R E S C E N D O.

Puifqu'elle garde le filence , je vais vous l'expliquer. Nous nous aimons : & elle eft le princi-
pal motif de la vifite qué j'ai eu l'honneur dé
vous rendre.

Monfieur P I A N O , *étonné*.

Qu'entends-je !

C R E S C E N D O.

Vous paroiffez en courroux.

Monfieur P I A N O , *en colere, à fa fille*.

Vous êtes bien hardie de faire un choix fans
mon aveu !

A N G É L I Q U E.

Mon pere....

C R E S C E N D O.

Eh donc ! qu'importe qué ce foit dé votré aveu
ou fans votré aveu fi le gendre vous plaît ? Ma
mufique vous enchante : vôtre fille m'enchante :
jé l'enchanté : tout cet enchantement-la ne doit-
il pas améner lé *conjungo* ? vous croyez peut-
être que c'eft à caufe dé vôtré bien qué jé veux
l'époufer : c'eft cé qui vous trompé, jé fuis défin-
téreffé : donnez-moi la fille & gardez la dot. Jé
fais qué cé langagé n'eft pas d'un homme dé mon
pays : un autre dirait : gardez la fille & donnez-moi la dot. Mais jé mé piqué d'être original.
Eh donc ! à quoi vous déterminez-vous ?

Monfieur P I A N O , *après avoir réfléchi*.

Allons ; puifqu'elle vous aime.... mais quoique vôtre Ariette prouve du talent, ce morceau
ne me parait pas devoir fuffire pour....

CRESCENDO.

Vous faut-il d'autres preuves ? Tant qu'il vous plaira. (*Il appelle.*) Eh, Criquet ? (*Il paraît.*) Va-t-en dire à tous nos Chanteurs, Danseurs, Cabrioleurs, qu'ils viennent ici tout de suite. (*Criquet sort.*) Jé veux vous faire voir un petit Divertissement pastoral, après lequel j'espère que vous n'hésiterez plus.

Monsieur PIANO.

Je suis tout déterminé, pourvu, toutefois, que vous acceptiez deux conditions que je vais vous proposer.

CRESCENDO.

Voyons.

Monsieur PIANO.

La premiere, que vous aurez la complaisance d'entendre ma musique & de me donner vos avis. La seconde, que vous vous obligerez de mettre au jour, sous votre nom, certain petit Ouvrage que je viens de faire.

CRESCENDO.

Diantre ! voila une condition qui mé paraît un peu vétilleufe : car, entre nous, si l'Ouvrage...

Monsieur PIANO.

Oh ! il ne paraîtra que lorfque vous l'en jugerez digne. Je ne fuis point injufte.

CRESCENDO.

En cé cas je tope aux conditions.

Monsieur PIANO, *enchanté.*

Vrai ? vous me charmez, ma fille eft à vous, pourvu que fa mere cependant.... car vous ignorez, peut-être, que j'ai une femme : &

vous fentez que je ne puis, ni ne dois marier nôtre fille fans fon confentement.

CRESCENDO.

Céla eft jufte. Vous avez une femme?

Monfieur PIANO.

Oui. Ma femme, ma fille, voila toute ma famille. Il ne me manquait qu'un ami, j'efpère le trouver en vous.

ARIETTE.

Près de ma famille chérie,
De qui l'amour comble mes vœux,
Je paffe doucement la vie :
Je fuis content, je fuis heureux.   *Fin.*
Si la vie a par fois des peines,
L'amitié fait les adoucir :
Vous en allez ferrer les chaines :
    (*Il le preffe dans fes bras.*)
Vivre avec vous, c'eft un plaifir,
Près de ma famille chérie, *&c.*

SCENE X.

LES PRÉCÉDENS, Madame PIANO.

Monfieur PIANO, *allant-au devant de fa femme.*

MA femme, voilà Monfieur Du Crefcendo, ce Muficien célèbre, dont je t'ai fi fouvent entretenue. Ah! fi tu avais entendu.... c'eft un prodige. Il demande nôtre fille en mariage : elle l'aime : &....

ANGELIQUE.

Maman, daignez vous fouvenir de vôtre pro-

meffe de tantôt. Monfieur eft l'amant dont je vous
ai parlé.

C R E S C E N D O.

Cé qué c'eft que l'amour & la réputation !
comme cela vous avance les affaires d'un homme ! on parlait dé moi fans m'avoir vû.

Madame P I A N O.

Monfieur, fi vous êtes l'objet du choix de ma
fille, & que mon mari confente....

C R E S C E N D O.

J'entends le refte de la phrafe, vous acceptez
votre petit ferviteur pour gendre.

A N G É L I Q U E, *vivement & avec joie.*

Ah, maman !

C R E S C E N D O.

Céla né va pas mal ; à peine arrivé dans Paris,
l'Amour me couronne de fes myrthes : jé ferai tant,
qué la gloire y joindra quelques lauriers. Quant à
l'hymen, jé lé difpenfé d'y mêler fon ornement.

SCENE XI ET DERNIERE.

LES PRÉCÉDENS, CHANTEURS ET DANSEURS.

C R E S C E N D O.

AH ! voilà tout mon monde ; arrivez, arrivez
mes amis ; allons, de la joie : fandis ! jé mé marie
& donne le bal. Cé fera un peu le monde renverfé ;
n'importe. Allons, trémouffez-vous.

O N D A N S E.

CHOEUR *en Sourdine.*
Nous avons en partage
Des plaifirs fans regrets.

L'AMATEUR

L'Amour dans le bel âge
Rend nos cœurs satisfaits :
Et la froide vieillesse
Ne peut nous allarmer.
Même après la jeunesse
Ici , l'on fait aimer ;
L'amour peut à tout âge
Faire notre bonheur :
Toujours son doux langage
Sait charmer notre cœur.
Que sa touchante yvresse
Ennivre tous nos sens.
O Dieu de la tendresse
Ecoute nos fermens :
Je jure à ma Bergère
De ne jamais changer.
D'une flamme si chère ;
Peut-on se dégager ;
Non , jamais ma Bergère,
Je ne serai léger.

CRESCENDO.

Eh bien , beau-père , qu'en dites-vous?
Monsieur PIANO.
Charmant ! Charmant !
CRESCENDO.
Ah çà , à quand la noce.
Monsieur PIANO.
Dès demain.
CRESCENDO.
Dès demain ! Jé né me sens pas dé joie.
Monsieur PIANO.
Et moi? mon ami , & moi?

QUATUOR.
VIVE l'allégreſſe !
LES AMANS.
J'obtiens l'objet de ma tendreſſe.
TOUS.
Moments heureux,

Qui comblent tous { Leurs vœux.
{ Nos vœux.

CRESCENDO, *ſeul.*
Dans ce lien charmant,

Mon aimable Maitreſſe ,

Vous trouverez ſans ceſſe

Un Epoux, un Amant.
ANGELIQUE.
Aveu charmant ,

Qu'il flatte ma tendreſſe!

Madame PIANO.
Soyez heureux, mes chers enfans ;

Qu'himen augmente encor la flamme

Qu'Amour a fait naître en votre ame ,

Et quoiqu'Epoux, ſoyez Amants.
CRESCENDO ET ANGELIQUE.
Oui, toujours,

Nos amours,

Nos amours,

Dureront toujours.
TOUS.
Vive, vive, l'allégreſſe !

J'obtiens l'objet de ma tendreſſe.

Momens heureux !

Qui comblent tous mes vœux.
Monſieur PIANO, *à Creſcendo.*
Souvenez-vous

Quand vous ſerez époux ,

De la promeſſe . . . .

CRESCENDO.

Oh! jé m'en fouviéndrai;

Jé m'en fouvien'drai fans ceſſe.

Monſieur PIANO.

Quand je compoſerai ....

CRESCENDO.

Je vous conſeillerai.

Madame PIANO & ANGÉLIQUE.

Et moi, je chanterai.

Monſieur PIANO.

Quoi, votre complaiſance ....

CRESCENDO.

Oui, comptez-y d'avance,

S'il le faut même, j'écrirai.

Je férai plus, fandis!

(*Il le prend à part.*)

Si par fois votre génie

Né vous ſervait pas au gré de votre envie ....

Monſieur PIANO.

Vous me donnerez vos avis.

CRESCENDO.

Je ferai plus, je l'aiderai, fandis!

Vous comprénez? ....

Monſieur PIANO, *enchanté.*

Ah! mon ami, vous me charmez.

ENSEMLLE, *tous trés-gai.*

Que l'allégreſſe,

Que la tendreſſe;

Règne avec nous;

Ma femme .... mon époux,

Dans des moments ſi doux,

Jurons d'aimer fans ceſſe.

FIN.

Lu & approuvé à Paris, ce 19 Septemb. 1785. SUARD.

Vu l'App. permis d'imp. à Paris, ce 22 Sept. 1785. DECROSNE.